最後的愛神木

胡品清 著

最後的愛神木　　胡品清 著

目　錄

窗外樹
盡風
非用筆
但用
氣根之動

窗裡人
盡場
非用筆
但用
蘊藉的心

史紫忱的話

名評論家史紫忱教授說：

胡品清的詩有淡泊的悒鬱美，

有哲學的玄理美，

有具啟發力的誘引美，

有外柔型的內剛美，

還有詩神在字裡行間翩然起舞的韻影；

她的文字用東方精神作骨幹，

以西方色彩做枝葉，

風格清新，

意象獨特，

籠罩萬古長空的「無」

和一朝風月的「有」，

像一杯葡萄酒，

既醉人又醒人。

唯美主義的

空谷幽蘭女詩人胡品清

/ 林峻楓

　　傳真唯美，文如其人的胡品清教授，是一位赫赫有名的女詩人及散文家，幾乎每個中學生都拜讀過她真切的靈思巧品。晤談時，或許聽不到她鉅細靡遺的自白，卻可感受到她真情不虛，而她的真情，事實上都反映在她的作品裡。反映生活的真實，卻又喜歡致力發明如小說又超現實的生活，她曾在書中言「超現實比現實更真實，因為你不必為別人而活，不必活得像個伶人」，因此在她的詩集《冷香》、《另一種夏娃》及《畫雲的女人》、《慕情》散文集裡均能捕擷到她纖膩雋永的慧點。如果你有幸走入胡教授素雅的小舍，巧瞥灰磚裡長青藤蔓的盎然與時高時低的檻檻中夾襯錯落有致的玲瓏藝品，你必定會覺得那一方天地裡每小隅都充塞著各有通幽的佈局，而每個佈局都隱

7

藏著一個奧秘的故事，你絕對不能捧著她的作品像地圖般
依循對照，那就失去了慧心交流的氛氳。感受它，是的，
毋庸多語，只要用心感受她生活上盈盈刻痕的變幻，而那
就是她所謂的「發明」，處處發明生活上的喜悅與滿足。
《隱形的港灣》、《慕情》發明了不落幕的戀曲距離之美，
寫作更是她一生中周旋到底的發明大事，乃至於近幾年來
致力發明十種雙語參考工具書，提供學生們造句、互譯、
書寫、文學評論等便捷的方法，成了她不遺餘力的教學工
作。誠如她在《自傳》一詩中形繪自己：「大發明者／發
明情智之樹／……／大混合者／混合生活與傳奇／……／
大語言家／簡化文法／……／特定的第二人稱陽性單數人
稱代名詞／唯一的現在進行式」，步過許許多多星月運轉
不滅的真理，遠離一切浮華表相，她仍如不枯竭的海洋，
繼續供養初生之犢。胡教授言，如果學生夠聰慧的話，讀
這些參考書將受益無窮。「詩狂石作箋，酒醉琴為枕」，
這是某位書法家贈與胡教授的對聯，充份呈現出詩和琴是
她心靈建築的空谷跫音。她本該學音樂的，但因為是將門
之女，萬般皆下品，唯有讀書高，自小就在能詩善畫滿腹
經綸卻森嚴的祖母身邊背誦古文，必須捨棄歌聲舞影及琴

韻的少女夢，雖然苦澀難忍卻火煉出傑出的語言造詣，從
《彩色音符》集子裡我們可以讀到她年少絢麗永不褪色的
記憶。而法文是她語言生命中最大的轉捩點，在法國留學
時便翻譯了兩部詩選，一部是《古詩選》（從詩經到清朝
的歷代名詩），一部是《新詩選》（從五四以後的現代
詩）。那時候，她常常參加詩的俱樂部及詩人年會，和詩
人來往頻繁，有時也應邀演講，評論法國文學，因此朗朗
上口的法文成了她優雅的代名詞。不論是詩、散文、小
說、文學評論，胡教授的語彙絕對是全然的情中有智，柔
中有力，一個全然絕對的眷戀紅塵，不屑做狡兔三窟的唯
美主義女子。無怪乎她的作品在鍾靈毓秀的年輕男孩女孩
身上，可以一唱三歎，迴遶不已，這在現今處處溢滿激情
的危機裡，不啻為一渠潺潺的清澗。她以美學衡量愛情，
尤其只問付與不求回饋報償的高貴情操，值得某些年輕人
因愛情而自戕或戕人者做一個借鏡。即使她是個唯情唯美
者，在《彩色音符》集內的＜泰山與鴻毛＞這篇文章，她
早就說，人除了戀愛之外還有「天生我材必有用」之地，
今日的看法一如往昔，當對方已沒有愛，何必窮賴不放，
人生畢竟有很多智慧性的事情可做。《慕情》散文集裡除

了自述戀情的魅力，也寫了很多短短的愛情至理名言，諸如「絕對愛，是一個不靠婚姻生活之維繫但能令人魂牽夢繞的名字」（這並不否定婚姻，而是肯定奉獻）；「心契是精神協奏曲，形體只是小駐其中的檞寄生」、「試著發明一種崇高的戀情，一般的戀情像花，像火，謝得快，滅得快，崇高的戀情悠久得像長青樹」等等，可以說都是在為天下所有的戀人素描一幅相知相契的心靈美圖，珍惜曾經擁有的可貴，而不求佔有的殘酷。胡教授自謙不是一個辛勤種詩的園丁，但她早已有定見，在情況變得美麗而特殊時，總是轉向詩神。評論家史紫忱說她的詩有淡泊的悒鬱美，有啟發力的誘引美，還有詩神在字裡行間起舞的韻影，她的文字用東方精神作骨幹，以西方色彩作枝葉，像一杯葡萄酒，既醉人又醒人，簡直和書法家相贈的對聯呼應其趣，且欣賞這首＜冷香＞：「冷香／似古典又現代的語彙／富於半抽象美的字群／喚起／空谷中自開自萎的幽蘭／……／不上排行榜的篇章音符／以及／因你／而簽署的／我的／名字」，短短的詩篇道盡了愛樂的微妙，且狂熱作曲作詞過，如今酒雖不醉人卻仍溫香潤喉。在她心深處，在她詩文中，永遠有一個美麗無瑕的城堡世界支持著

她繼續維持寫作的狂熱。

詩話　　　代序

　　隱喻是詩人的想像力之試金石，是詩篇之靈魂。隱喻之有力並非只因為突兀或是奇幻，而是因為聯想既精確又遙遠。

　　詩人是特殊的靜觀者，他微妙，深入，富於想像。他能把一切事物聯結起來，從而發現它們之間的關係。他扮演如下的角色：從一切物品中、景象中、事件中，取出一種素材，將之安放在藝術之層面上。在那個層面上，他用創造力使那素材轉化為崇高。

　　詩並非單純的精神遊戲，寫詩亦非為了娛己娛人。使他不安定的，是他自己的心靈。是一種欲望驅使詩人創作，一種經常探測心靈之能力的欲望。也是一種需要驅使詩人創作、需要把重壓著其心靈的大塊呈現出來，因為即使是最寧靜的詩也永遠是心靈的悲劇。因此，寫詩是有深度的行為。

　　每首詩都是一間密室，並非每個人都能闖進去的。進入密室之前，需要點燈。那盞燈，就是讀者的心智；那盞燈，只有詩感才能點亮。

　　詩的種子，就在詩人心中。詩人在世間安放詩，詩自世間擴漾出來，但無法注入無詩的心中，因為那兒缺少孕育詩的種子的肥料。

　　偉大的詩人是這樣的：他的詩帶來一些新奇，從而改變他人的詩想。讀他以後，讀者就無法和從前同樣思索，同樣描述。因此，他最大的影響力是迫使他人尋找自己最新的表達方式。

作者介紹

胡品清，浙江大學英文系畢業，巴黎大學博士班現代文學研究，現任中國文化大學法國文學研究所教授。

她是中、英、法三聲道作家及翻譯家。除了互譯外，也寫詩、散文、短篇及評論。她各種創作及譯述，共計八十餘冊，分別在台灣、紐約、巴黎出版。

她的英文代表作是：《李清照評傳及英譯（漱玉詞）》、《漫談中國古典詩詞》。

她的法文代表作是：《文學漫步》、《文學論文初步》、《惡之花──詩自傳》、《法國文學賞析》。

她重要的譯著有：

‧中譯法──《中國古詩選》、《中國新詩選》、《孔學今義》、《中國上古史》、《戰國學術》等。

‧法譯中──《波法利夫人》、《二重奏》、《她的坎坷》、《巴黎的憂鬱》、《情人》。

至於她的創作，大部份已由北京市圖書館設專櫃收藏。

一九九七年，她榮獲法國政府頒贈棕櫚飾學術騎士勳

章。一九九八年，榮獲法國文化部頒贈的一級文藝軍官勳
章。

胡品清作品書目

創作部份

中文

《胡品清譯詩及新詩選》

一九六二年，中國文化研究所。

《人造花》（新詩）

一九六五年，文星書局。

《夢的船》（詩、散文、小說）

一九六六年，皇冠出版社。

《夢幻組曲》（詩與散文）

一九六七年，水牛出版社。

《晚開的歐薄荷》（詩與散文）

一九六八年，水牛出版社。

《仙人掌》（散文與西洋詩評）

一九七○年，三民書局。

《水仙的獨白》（散文與西洋詩評）

一九七二年，三民書局。

∎

《胡品清散文選》

一九七三年，華岡出版公司。

《芭琪的雕像》（散文與短篇小說）

一九七四年，九歌出版社。

《歐菲麗亞的日記》（散文與譯詩）

一九七五年，水芙蓉出版社。

《夢之花》（詩、散文、小說）

一九七五年，水芙蓉出版社。

《胡品清自選集》（短篇小說）

一九七五年，黎明文化公司。

《最後一曲圓舞》（詩與散文）

一九七七年，水牛出版社。

《水晶球》（散文）

一九七七年，水芙蓉出版社。

《芒花球》（詩與散文）

一九七八年，水牛出版社。

《玻璃人》（新詩）

一九七八年，學人文化公司。

《彩色音符》（散文）

一九七九年，九歌出版社。

《不碎的雕像》（散文）

一九八〇年，九歌出版社。

《斜陽影裡的獨白》（散文）

一九八〇年，水芙蓉出版社。

《慕情》（散文）

一九八四年，文經出版社。

《玫瑰雨》（散文）

一九八六年，文經出版社。

《冷香》（詩）

一九八七年，漢藝色研。

《藏音屋手記》（散文）

一九九〇年，合森文化。

《薔薇田》（詩）

一九九一年，華欣文化事業公司。

《今日情懷》（散文）

一九九一年，合森文化。

《花牆》（散文）

一九九一年，漢藝色研。

《細草》（散文）

一九九六年，華欣文化事業公司。

法文

《中國古詩選》

一九六一年，巴黎。

《中國新詩選》

一九六一年，巴黎。

《彩虹》（自由詩）

一九六一年，巴黎。

《法國文學簡史》

一九六五年，華岡出版公司。

《簡明法文文法》

一九六五年，華岡出版公司。

《惡之花──詩自傳》

一九八二年，中國文化大學出版部。

《文學漫步》

一九九五年，中央圖書出版社。

《淺近法文文評範本》

一九九五年，中央圖書出版社。

《文學論文初步》

一九九六年，志一出版社。

英文

《李清照評傳》
一九九六年，紐約。
《漫談中國古典詩詞》
一九九〇年，長松文化公司。

B翻譯部分

英譯中

《中西文化之比較》
一九七一年，水牛出版社。
《世界短篇名著選譯》
一九六八年，水牛出版社。
《秋之奏鳴曲》（中篇小說）
一九七九年，水牛出版社。
《往事如煙》（短篇小說）
一九七九年，水芙蓉出版社。
《阿弗瑞德大帝》
一九八一年，國際翻譯社。

法譯中

《做「人」的慾望》（短篇小說）

一九六五年，文星書店。

《寂寞的心靈》（長篇小說）

一九六九年，幼獅文化公司。

《克麗西》（長篇小說）

一九七〇年，水牛出版社。

《巴黎的憂鬱》（散文詩）

一九七三年，志文出版社。

《她的坎坷》（長篇小說）

一九七六年，志文出版社。

《怯寒的愛神》小說

二〇〇〇年，九歌出版社。

《心靈守護者》（長篇小說）

一九七六年，志文出版社。

《法蘭西詩選》

一九七六年，桂冠圖書／二〇〇〇年，增訂版。

《波法利夫人》（長篇小說）

一九七八年，志文出版社。

《安妮的戀情》（法國新小說）

一九七八年，國際翻譯社。

《法國當代短篇小說選》

一九八○年，中國文化學院出版部。

《二重奏》（長篇小說）

一九八○年，志文出版社。

《廣告女郎》（長篇小說）

一九八○年，水牛出版社。

《邂逅》（長篇小說）

一九八四年，黎明文化事業公司。

《丁香花》（新小說選）

一九八五年，楓葉出版社。

《愛的變奏曲》（法國歷代情詩選）

一九八七年，漢藝色研。

《我的小抴》（長篇小說）

一九八九年，漢藝色研。

《帶著最美的回憶》（散文）

一九八九年，合森文化。

《星期三的紫羅蘭》（短篇小說）

一九九一年，漢藝色研。

中譯法

《孔學今義》
一九八三年，文化大學出版部。

《上古史》
一九八三年，文化大學出版部。

《戰國學術》
一九八五年，文化大學出版部。

C 文學評論部分

《現代文學散論》
一九六四年，文星書店／傳記文學社。

《西洋文學研究》
一九六六年，商務印書館。

《法國文壇之新貌》
一九八四年，華欣文化事業公司。

《法國文學賞析》（法漢對照）
一九九八年，書林出版公司。

《迷你法國文學史》
二〇〇〇年，桂冠圖書公司。

D 雙語參考書

中法互譯範本及解析（一九九八，志一）。

法文書寫雙語範本及解析（一九九八，志一）。

法國文學賞析上冊（下冊定稿中）。

分類法文會話模式（二〇〇〇，天肯）

這句話，中文怎麼說，法文怎麼說（二〇〇〇，志一）

基礎法文會話句型（二〇〇一，志一）

生活法語入門（與楊淑娟合著）（一九九九，志一）

法文秘笈（與楊淑娟合著）（一九九九，志一）

中法句型比較研究（主撰）（一九九四，志一）

新著

迷你法國文學史（二〇〇〇，桂冠）

這句話，法文怎麼說，怎麼寫（二〇〇二，志一）。

《萬花筒》（散文）二〇〇二，未來書城。

自畫像

我的名字是迴文

清品

品清

假如直著寫

順讀倒讀都行

假如橫著寫

左起右起都行

不論把品字當作名詞或動詞

全都走不出一個清

何必計較區區的橫排或直寫

該在乎的是一個清

自畫像

並非孔雀石的雕像

且透明如水晶

只是一個永恆的夏娃

從無壯志

知道一些經史子集

被祖母的嚴厲逼出來的

通曉一些英文

自平克勞斯貝的歌詞中悟出來的

掌握一些巴黎語

由於七年的觀望

於色納河畔的垂柳之間

但有一些不渝的嚮往

室內　無瑕的情思

人間　無私的天平

以及各種美麗

有形或無形

有聲或否

而經驗說

颱風夜的待月草是妳的名字

另一種夏娃

有一種人
不屬於柴米油鹽
忽視交替的時令
憎厭一切不宜入詩的字彙
請尊重她之特異性

她
只能擁有兩方菱花鏡
映照純心靈
以及分內之莊敬

請別以塵俗相煩
此之謂「養性」

供詞

徒然深信
創造萬物之神

未曾狂熱地渴望永恆
亦不企望聖境
只因
此心此心
依然眷戀紅塵

名片

名片簿

二十四開的

小小隔間

塑膠紙的

其中躺著卡紙長方

姓名

立正的五星上將

榮銜一行又一行

令人目眩的勳章

繁複

也單調

但全都堂皇

總經理顧問董事長

左右藝文

主宰工商

很久了

不曾印過名片

自己的

晚宴上

最怕陌生人遞來頭銜紛簇的硬紙板

而我無法交換

遂欲

設計這麼一張

將下列實質的頭銜印上

清貧的語文教授

兼差作者及譯者

詩神的不孝女

紙上旋律家

真善美愛的辯護律師

以及

不宜活在二十世紀末的女子

鑰匙

鑰匙

形形色色

開財門的

開權門的

至少

開家門的

唯獨妳

鑰匙闕如

遂不徘徊

於眾門之外

世界處處是門

妳是被門扉拒絕的人

野趣

在山之隈
水之湄
詩人行走讚賞欽崇
聆聽心中的七弦

見她來到時
為了迎迓
眾花：
令紅寶暗淡的
令孔雀尾失色的

以及
小小金盞
皎潔如霜雪的鈴蘭
或含笑
或裝出傲岸的儀態萬千
且如是云：

「瞧！是我們的學生姊妹走過」

而林中高樹：

龍柏　油加利　槭和楓

致她以敬禮

一面呢喃：

「是她，那沈思者」

山山樹樹

山有樹

山山樹樹

曾在故國之山樹間成長

　　異國之山樹間盤桓

復歸於寶島之山山樹樹間

山中樹啊山中樹

任凡俗褒貶

人情冷暖

汝等應知我

一枚野石一朵雲一株蕨草

能使我，忙碌終朝

山中樹啊山中樹

只要凝視你們的溫良恬靜就足夠

怨懟遠離

憤懣不再

綠色的緘默教我祛除苦澀

於心谷之外

鮫人之歌

一、

燃燒的珊瑚間

難以定居

在海底，有身披鎧甲的龍蝦

以尖若投槍的觸角刺我

有顏彩繽紛的魚群笑我

笑我乃非人非魚的異類

溫軟的沙礫間

不能久駐

在陸上

有壯健魁梧的男子以冷眼窺我

有飛揚冶豔的女子以白眼瞅我

瞅我這非人非魚的怪物

人首，魚身

乃我不可挽回之厄運

無兩棲動物的便利

有無地約翰之悲哀

澄明的天

以藍色的呢喃呼喚著我

而翅翼缺如

何以飛？何以翔？

乃端坐於危岩

曳著海藻般的長髮

以浪人的楚痛託付我清脆的歌聲

以流謫者的悽愴託付我誘惑的音響

而屹立船頭的那王子啊

顧及一個觸礁的神話

乃漠然駛過

令我迷惘

寓絕望於緘默吧

毋須掙扎

且尊崇宿命的兇殘

造物的安排

二、

鮫人俯視

自純黑而嶙峋之危岩

在她四週

展延著喧騰的海

浩浩無垠

它澄藍的晶體煥然返照

一個姣好的容顏

不死在季節裡的容顏

一個綽約的形體

不在歲月中老邁的形體

一縷長長的柔柔的髮絲

宛若海藻的髮絲

而鱗光閃灼的長尾

猝然喚起鮫人亙古的悲哀

鮫人仰望

自純黑而嶙峋的危岩

翹首中天是一片平滑的玉石板

高揚，絕對，悠久，無極

不可攀登

鮫人

具有古希臘悲劇的瑕疵之怪物

她非全然的魚

不屬於海洋

她非全然的人

不屬於陸地

她無有翅翼

不屬於青空

她沒有國籍，沒有家譜

不屬於任何人

而她的生命無涯

不能讓淚珠與歲月同時流盡

假如只令悲哀寓於緘默

如一個捐棄一切的垂死的靈魂

她遂能輕捷地完成一首美好的詩

恒無字

她遂能譜就一曲清新的歌

恒無聲

而她試圖

自靈魂深處

迸出不朽的音響

震破浩渺煙波之寂寞

猶之在澎湃的海面投擲一枚彩石

用以激起悠揚的回音

創作的艱辛！

於是她閤眼凝神

讓每一粒傷懷的種子

獲得結果的機會

讓心靈發出一片諧音

填滿海上無比的空茫

守候吧！

奇蹟終會來臨

如在靜默中無人目睹的

一枚蘋果之成熟

那是蓓蕾綻開前的掙扎

那是星月放露前的幽冥

那是指揮棒升起前的肅穆

那是破曉前的混沌

從容些吧

讓一株樹在心靈中緩緩滋長

讓一個宇宙在心靈中徐徐誕生

美的顯現比任何事物之形成

更需時日

瞧！潮已升起

第一朵浪花擊破了海面的寧靜

猶之心靈深處的旋律之迴蕩

聆聽吧

鮫人之歌抑揚

如波濤之起伏

你可曾聽見鮫人的寂寞之歌

遠征特阿瓦的審慎的余利斯？

你可曾聽見鮫人的寂寞之歌

讚美流謫的猖狂的水手？

可是啊，顧及於一個古老的神話的王子自縛於船桅

漠然駛去

追求未知的水手長揚而過，

卻留下一個永恒的富于魅力的手勢

依舊是空茫的海面

白鷗嗚咽

宣揚著不祥的預言：

鮫人，虛無將是妳的終身伴侶

外太空族

妳

升起

升起

像雲雀

升向星際

只因人間一切

不適合妳

電影版上

充斥下列標題

衰鬼要上床

鈔票一籮筐

喋血街頭

女郎女狼

幽靈警探

企業流氓

形形色色的不宜

令妳窒息

社會版上

充斥下列標題

搶劫

盜竊

爭權奪利

卻要假為民造福的名義

但願每人每日讀一首如漂白劑的詩？

妳的名字是白癡

波希米亞女郎

屬誰，那瀟洒的步姿，如此自由的活潑之姿？
屬誰，那優美的歌聲，如此顫慄的熱情之聲？
屬她，波希米亞女郎，古匈奴人之後裔

就讓山風梳理她的長髮

就讓澗水鑑照她的光華

來自蘇瑪伐峰的山地女郎

恆常流謫

流謫之門

開向無定，開向未知

未知的呼喚甚誘惑

那令人厭倦的是固定與單調

波希米亞女郎

以動盪摧毀凝定

以遷易求超越

她是孤兒，沒有家園

不識鄉愁濃鬱

她非維娜絲的幸運女兒

不負神箭之創傷

她沒有名門淑女的恭順之姿

有遠祖匈奴遺下的倔強

不可母儀天下

她頭上沒有珠翠

身上沒有綾羅

只穿一條飄然迎風的大花布裙

以跣足踐踏山徑之嶙峋

且以白雲般舒捲自如的心情

釀一壺浪蕩者的悅樂

朱門內

有翩翩舞姿俯仰

有爵士音樂悠揚

華燈下

有貴婦人豪富之姿混和著生之舒泰

而吉普賽女郎

恆常以她特有的光華裝飾曠野

你悲憫流浪女的零丁嗎？

你嗟嘆吉普賽人的貧苦嗎？

且看她自在自如

波希米亞女郎乃尼采之信徒

無視於養尊處優

生活乃不斷的冒險

她有清澈的歌喉，如噴泉

她有燃燒的舞姿，如火燄

用以養活自身

或販賣紙牌皇后的懸河之口

為行人預測吉凶

她以果敢，以熱情

迎接諸多未成的事物

一如迎迓節日之歡騰

未來於她具有無上之魅力

變易即是超越自身

如一山之傲然歸立
她不倚於人，不仰諸神
因她已宣告神之死亡，人之無定

女神之再誕

為誰，那冷峻的石膏座台？
為誰，那古典的線條，端莊蕭樸？
是為誰的供養，那長燃的香火？
那令人目眩的薔薇花束？
為她，波蘭妮，古希臘的詩之女神

羨她奉為神明之尊貴嗎？
仰她風姿的靜淑嗎？
且看她眼中憂鬱甚濃
宙斯的女兒在塵囂中窒息

自由歌唱的神之女兒
被囚禁於斗室
任光華暗淡，靈思桎梏
或因疾風之搖撼，雷霆之震怒
而斷臂，而驚心，而愛苗摧折
乃古希臘悲劇之瑕疵

長廊外

是一季明豔的時令

有紅紅的玫瑰在燃燒

有清涼的枝葉在低昂

她只以恭順之姿

危坐於牆隅

如一山之緘默

如冰霜之冷凝

而熊熊之燄潛燃於她胸臆

是憤懣之燄，熱情之燄

她欲昇起反抗之烽火

舉向天帝宙斯

用以焚燬古典悲劇之邏輯

普羅米修斯被縛於危岩，任兀鷹啄食其肝腑

西西夫被困於山麓，服永恆的苦役

叛逆原是神之屬性

苦於危坐

苦於囹圄

苦於謙遜之姿

古希臘的詩之女神傲然起立

毅然撇下豪華的囚室

以赤裸之雙腳

走向曠野

且行且歌

深潭中

有翩翩的遊魚在嗳喋

長林裏

有鳥群在歌唱，在翱翔

讚美自由的詩之女神

嚮往海洋之遼闊

海在展示它幻變的顏彩

且以十色的花朵

繽紛投擲

將逆叛的女神迎入懷中

而白鷗嚶嚶

悠然起舞

舞一曲芭蕾

歡慶女神之再誕

贈你的詩

書簡是藝術

書簡

情智之產物

縮減時空距離之藝術

享受書面的假想的溫柔之藝術

填滿心靈虛空之藝術

美化離愁之藝術

作成遠距對話之藝術

此一對話之首要條件：

執筆雙方之勢均力敵

心理上的

藝術上的

令文字交鋒如電光火石

不讓網路之粗糙專美於前

西班牙城堡

宜設計金城湯池的時光早已遠去

遂欣於築構西班牙城堡

你

夢幻建築師

樂助其事

我投擲磚磚石石之華美

瓦簇之琉璃

你堆之砌之

經之營之

成樓台亭閣

成窗成牖

西班牙城堡瀟灑出塵

憑虛御空

別問別問

別問地基是否堅固

我能憩息其中的歲月

原就無多

紙船

你我作一次無止境之心旅

駛向無何有之鄉

兩地書簡是紙船

往返於靈海上

我之詩

你之文

自由如信天翁

穿梭於無止境之時空

靈海浩浩無垠

有情不盡

心旅遂無終程

紙船永不下碇

白色教堂

穹蒼下

蒙馬特山丘上

站著聖心堂

站出「矗」字的樣子

祂皎潔圓渾

以石質複眼

望盡繁華事散逐香塵

寶座傾塌

宮殿殘破

唯祂

宗教建築物

精神堡壘

永不淪為烏有

願祂屈尊凝睇

凝睇處

書窗裡

有鑽研雨連‧格林的東方學子

迷祂之白祂之純祂之洵美且異

曾貽我

祂之聖影

耶誕鐘聲響了

虔誠地

雙手合十

我祈願

為他以及芸芸眾生

只因

祂帶來天國之訊息

降福於人

戀文

戀文
不宜寫在水上
水紋
不留痕

不宜寫在紙上
紙張
隨著歲月之流失而泛黃

不宜寫在樹上
年輪
使樹皮碎裂不成形

只宜寫在心上
與生等長

謝卡

用戀之手

遙寄一葉楓紅

一朵紫菊

一片橘黃非洲菫

慶祝你之存在

你美好無雙之存在

悄然滑入我生之夕

遂有溫暖幸運靈感光華

似繁弦急鼓

以洶湧來

致你以謝忱

另類天使長

你恆用才華蘊藉之手

撒落情智之花

飾我心田

我心我心

我心我心

因你之在而歡欣

恆向你之心室

一如葵花向日

標本

妳曾貽我以標本

由戀之手製成

雛菊中有無限

楓紅中有永恆

問答

別問別問

別問我是否寂寞

若要填滿寂寞

有你之書簡我之詩文

別問別問

我如何活得豐盈

須知須知

有你之書簡我之詩

我是詩人

寫詩寫文

而你而你

你是詩神

生之頌

徒然

蒼天為我勾勒

日月星辰

許我以

天使之榮冠

只因

我心我心

依然眷戀

提供幸福的大地

其中有你

紙玫瑰

貼一朵紙玫瑰

於信尾

乘二十一世紀之大鵬

它將作一次遠遊

飛達你床頭

只因戀文乃床頭書

蓓蕾將陪你夜讀

伴你入睡

且為甜夢著色

紅綠交輝

紙玫瑰非玫瑰

它不腐不朽

且與戀文長存

無極

悠久

短暫與悠久

白蝶自山外飛來

在薔薇花冠上小駐

請讀

那是對摺的情書

錦書自蒙馬特山丘飛來

在心谷中永駐

千遍萬遍細讀

那是床頭書

愛神木

我

最後的愛神木

因你的灌溉而蓓蕾繽紛

否則

它將在污染的空氣中

萎死

槁木充其量也只能

做成柴薪

升起無法解凍的

微明

靈智之源

靈智之源乃在黎明
當閃灼的露珠圓在草際
當畫眉的歌珠圓在樹梢

靈智之源乃在夕暮
當月華圓在天庭
當螢火圓在花叢

靈智之源乃在春宵
當鈴蘭圓在碧野
當茉莉圓在枝頭

靈智之源乃在維娜絲的國度
當歡笑圓在唇邊
當淚珠圓在眼簾

靈智之源無所不在

自從去夏

你帶走了我的名字

寫在卡片上

一兩行

八九行

或短或長

訊息總是這樣

儘管天各一方

恒感覺你之在場

解藥

在金與紙的極權王國裏
特異語言是我唯一的神話
書寫將之據為己有
讓被踐踏的精神有尊嚴地存活

神話敘述
詩想如何構思
如何發明
如何維護日漸式微的崇高理想
如何證明詩人的心淵之深

神話也是你之名
它具有神奇的功能
助我和不可忍受的金與紙的世界
和平共存
以免疫者之姿

交疊之心

用比電腦更精確無誤的符號為你寫詩

二十世紀的金屬大鵬穿梭似的輸送兩地對談

海遂縮小

山也遁形

一切障礙物都消隱

唯剩下

兩顆發光的心

靠近

靠近

終於

相印

永恆

就讓金屬大鵬穿梭於華岡及蒙馬特山丘之間

輸送兩地書簡

重逢永遠似初逢

此情免於邊際效用

無需暮暮朝朝

只因青鳥殷勤

探看你我之心路

原以為幸福感會因雲山遠阻而逃逸

它竟然非易晞露

錦盒

朗誦你之錦書

向廊前高樹

歌鳥就向遠方逃逸

因自慚「聲」穢

而尤加利俯身

為了傾聽

楓槭均搖曳

為了致敬

把你的信藏於心谷

讓它在其中蘊藉

化成詩文

作為崇高禮品

裝在古典的錦盒裏

獻給你

單韻詩

你之書簡不休止地翱翔

穿越陸與洋

發現我在書房

被詩牆

隱藏

最

二〇〇二

第三季

寫一首詩給你

在秋色裡

寫詩給你

用最細的心

以及

最細原子筆

用最精確的字彙

表達最皎潔的情愫

用最崇高的形式

包裝最絕對的思慕

唯獨

不知該用何種稱謂呼喚你

最貼切地

素描

只畫
永遠

只畫
永遠駐我心谷的你
永遠亂我心曲的你

只畫你
永遠的石膏像
地址在蒙馬特山丘上

詩箋

你我之間

存在著一點

既深濃且不變易的東西

那是無雙的心契

很深很深

如大樹之根

只因深入地心

遂免於汙染

當形形色色的汙染浩浩無垠

秋廊

夏已盡
金風乃秋之歌
廊外
相思林搖曳婆娑

長空裏
有雁陣掠過
排成象形文
一
以及
人

於我
該二字不再意味寂寞
只因心谷
已成為一個不可代替的名字之永居所

你之筆

讀你

幽晦立刻退隱

冰涼的大氣中有火星閃灼

寂寥被征服

你是最後的領港

我遂知道如何向時空啟航

讀你

「光華」顯現

「希望」揚帆

「慵倦」不再

你之筆劃破層層雲霧

我迷信至美一如最初

中秋

今夜

為你執筆時

方知

「共嬋娟」不再傳真

只因

月上華岡樓時

賽納河之水正為太陽錄影

雨天書

如一山之寂然
如一雕像之靜止
我自囚於室內
與藏書相伴

季節倒移
三月如此森然
長廊外是太久的差錯時令

群峰淒苦
莠草在風雨中傴臥
疾風飲我以凜冽
斜雨浸我以濕漉
重霧貽我以淒迷
賞花不能
踏青不能
款步不能

你之錦書不來

唯自囿於現代的咆哮山莊

和叔本華談論消極中的積極

與里爾克商酌死亡

大地

大地充滿著愛

充滿著美

為人人

而且持續

有愛

在微風的輕吻中

有淚

在陣雨裏

山川日月是巨幅的風景畫

提供美麗

草地是碩大的眠床

提供休憩

大地充滿著愛和美

為人人

而且持續

而如今
我更愛大地
因為其中有永恆的你

遺稿

多年後

有人或想知道詩句中的傳奇

或從修辭裏探索隱藏著的情思

那時

月亮依舊燦圓

倒影於水底

水月深深

那時

明鏡依然高懸

反映花枝

鏡花亭亭

而寫詩者形骸退隱

空餘一縷有待研討的詩魂

沒人知道詞中寫的是誰或是什麼

更不知道那些詩是否有人讀過

沉思時刻

書寫前後

書寫
捲起千堆雪之一葉舟
舟過水無痕

書寫前
非真實的浮面的存在
其中甚至不含蘊喜劇性或悲劇性之往昔

書寫後
亦非絕對的存在
且無法因已作成之書寫而自怡悅

無書寫即具負面意義之清明恬靜
即節日後之灰燼

唯書寫能將我自虛無之深淵拔出
有無賴於外界之內在喜悅顯現

殘花

不論採擷什麼花卉

轉瞬間它將枯萎

一陣風起

殘花殘葉飄揚

豈止花卉如此

人間一切全都這樣

高速公路

黝黑的瀝青面
躺臥於兩點之間
通向鬧市
通向紛爭無邊

夾道是綿延的單調
房舍凌亂
穿越同樣的風景
歲歲年年
只因目的地早已設定
不易不遷

何其嚮往通幽曲徑
優雅地錯綜迴旋
諦聽大自然低語
有花樹裝點
不被高速的鐵輪輾過

留下煙塵漫天

污染人間

類似性

種籽
潛藏於果實中的小球體
落在土壤之肥沃中
蘊藉
幻為茂林
碧玉葉層層

理念
潛藏於腦中的思維
隱密地
在靈壤之豐饒中
蘊藉
幻為情智之花
紅紫紛紛

月落

漫步於黎明山徑
　　偶見
落月之淺白和晨光之熹微
　　面對

　　月之死
何其燦爛的終程
　　自光至光
而非愁慘的喪亡

風景

推開窗

是樹之柱

山之牆

枝葉全然靜止

此時無風雨

小白蝶飛來

小駐盆花間

眾鳥啾喞

在枝頭

綠窗

笑向陽光

笑向山崗

宜在窗上懸挂

歡樂十四行

山中路

山中有路

無數

或平坦

或崎嶇

或蜿蜒

或起伏自如

山徑似浪

由上坡下坡構成

下坡乃褒義詞

意味升降後之歸程

夕陽一樓之守候

以及豐收

一筐鳥歌

一方驚人的花草牆

一些亂石間的清溪之呢喃

一片綠色的大沈默

以及

與你同行時之採擷

遂有字彙如泉

湧自心谷

懷念一種花

高處

遠處

眾神

砌疊星辰

此處

陳列著山山樹樹

綠深門戶

鄰家的長春藤

繞繚披紛

爬上

我的窗櫺

廊前的尤加利

終年散佈青蔥

花季來時

杜鵑炫耀同樣的粉白嫣紅

但恆渴望

海峽彼岸的一架紫藤

經歷風風雨雨

它是否依然無恙？

風景

彼方

錯綜的林蔭覆蓋小徑

其上

屹立一座宮殿巍巍

秋陽滿身碎

其中

遙遠的節日之歡騰

沈睡

電話機

轉盤的
按鈕的
隨身的
你是萬能魔術師

撥動或按下
一〇四
一一〇
一一九
只要有個聲音自電線之彼端響起
遂能解決一切問題

你是高效率經紀人
對殷商巨賈而言
天文數字可決定
轉指之間

你也是隱形劊子手
最險惡的
謀殺文字藝術
製造不諳書寫的新生代

但仍謳歌你的正面價值
儘管詛咒負面
只因
必須立刻撥響代表某個名字的號碼
當眾多拂逆向我沈沈壓下

飛機

你

二十世紀的金屬鵬鳥

誠然

扶搖直上九千里

而雙翼

顯得徐緩渺小

若與某種情思之速度及無限加以比較

搖椅

就這樣原地跑步

周而復始

非退

非進

像某種悠久情

數學

純數學死了

靈魂變為黑色貪婪

人人做股票

讀漲跌停板

設法讓天文數字

接近存款

研究如何左右

外國的房地產

計畫如何捲逃

逃往氣候適宜的國度

那兒不寒不暖

而我

只有唯一的數字

細數鄰家的長春藤

用什麼速度

向我的窗楣攀援

小詩二題

一、

別問美之存在的原因

別問為什麼

只因

並無為何

二、

技匠與大師之間

本體與塑像之間

偽裝與真摯之間

表相與實質之間

必須

加以明辨

侏儒盆景

來自茶園

來自張迺妙茶師紀念館

那精巧的迷你碗

白瓷的底

八個燙金字樣構成圖案

將超級小碗自匣中取出

盛以泥土

注入清水

畹畦綽約在焉

植以仙人掌科多肉葉芽一片

筆直的

有深淺交雜的綠色花紋為飾

土面

放置蔥頭一枚

根鬚糾蔓披紛

土內
埋藏帶根淮山一塊
侏儒盆景在焉

培養盆栽
以培養愛情的心情
朝朝用清水潤濕
暮暮觀察生機蘊藉

幾度日換星移
喜見三片仙人掌葉矗立似箭
一束蔥葉玉立亭亭
至於十七片淮山葉
蓊蓊鬱鬱
做成華蓋玲瓏

若係方圓遼闊的園囿
可植以蔥蘢佳木
紅紫萬千

再飾以磊磊磐石如踞虎豹

任蘿藤攀援如登虯龍

而我非享有田園居的陶潛

遂滿足於侏儒盆景

以齊萬一的心情

冰雕

伶俐的雕刻手

竟然

選錯素材

——冰

一刀復一刀

朝朝暮暮

暮暮朝朝

雕像終於昇起

亭立

玉潔冰清

而氣候總是溫帶

十九八七六五四三二一〇

哎！假如是北極

鐘擺的獨白

命定了是鐘擺
不宜靜止
該永遠搖晃於兩極之間
走同樣的弧線
否則存在便失落意義
且是死亡的同義字

樹

原非一盂清水中的長春藤

蒼翠披紛

只為了

裝飾客廳

亦非盆中的鬱金香

盡態極妍

只為了

把自己做成禮品

我乃高樹

餐風飲露

千手承載鳥歌

眾葉提供避蔭

當最後的時辰鳴響

依然屹立

如一尊雕像

氣宇軒昂

三願

不論科技多麼昌明

誰也無法免於最後的時辰

在此之前

請留下一些禮品

願殷商巨賈想及「愛心」

選美只是膚淺庸俗加浪費

願詩人多寫純真警句

淨化心靈

環境太污染了

願大家發揮公德心

活得俯仰無愧時

死亡便是安詳的同義詞

掃「黑」

黑
另一種離離草
野火燒不盡
春風吹又生

黑
另一種離離草
植於心靈平原上
根深柢固

萬能的螢光幕
鼓吹白蘭洗衣粉
宣揚安麗
但不推銷
精神漂白劑

萬花筒

半透明圓柱體

包藏玻璃片

持筒者旋轉柱體

彩圖瞬息萬變

片片亮麗光鮮

世界乃碩大萬花筒

瞬息萬變

不同的是

柱體旋轉時

淘美與偽善並列

真假莫辨

信言不美

三字經

三歲時被祖母強迫背誦的經典作品

三字經

三年前法國文化中心主任的博士論文

三字經

三月前螢光幕上祖父給孫兒講解的課本

只是

有個疑問：

一、養不教「父」之過

二、為不嚴「師」之惰

三、學不勤「誰」之錯？

看一片葉子如何成長

有朋自花蓮來

贈我山形大理石一塊

讓它倚盆栽而立

站成一座青青峭壁

白瓷盆中

孕育著一株

野生植物

當春風起兮

愛看一片葉芽如何舒展

如何亭立

那美麗的過程是莊嚴的課題

教人學習如何成長如何完成自己

心旅

許久了

無法遠遊

遂只能

滿足於心旅

不必害怕屬弱者最畏懼的溫差

或失眠者最頭疼的時差

或傷風菌的突擊之猛

或行李之重

行囊只充斥時空之奧秘

以及

涇渭分明之情智

海關人員無需使用違禁品掃瞄器

只因

手提箱僅裝滿著悠久無極

日子

日子自黑夜中起立

行走

復行走

然後

在黑夜中沈沒

我的日子

是否

已經足夠

青蛙石

屬於石質又何妨

有人看出造物主的雕塑

在你身上

趺坐於海邊

億萬年

你用石眼

凝視參差海浪

以及

凱撒大飯店的的豪華套房

你把它永遠守望

我僅止於匆匆來往

若你具有血肉之軀

能泅能鼓能水陸雙棲

遂有可能做成一道佳餚

供人吞嚥

果爾

在無垠的宇宙裏

你將只是

比我更短暫的生命

而非不朽的天然藝品

秋思

枝椏

豎琴的弦

秋

清癯的樂人

用多稜角的手指攏撚

撥出淒迷音響

清冷的大氣中

落葉飄揚

落花飛翔

然則

在凋萎的花葉叢中

總有幾片維持最後的青翠

總有幾朵維持最後的嫣紅

直到無法與自然律抗衡的日子

然後

忍讓地臣服

落向大地

化為春泥
彩色遺骸
肥沃的腐朽

都市之歌

鬧市邊緣上
遲疑的山如是言說：
「我太龐大崇高
　且承載茂林巨石
　如何走入建築物擁擠的街道
　如何溶入淘湧人潮」

樹群用千舌抱怨：
「大家只把死花陳列在攤位上
　沒有誰為綠蔭準備地方」
如是鳥云：
「人們忙著搭飛機
　無暇傾聽眾鳥枝上啼」

星月的話：
「霓虹燈沒有靈魂
　卻能奪去人的眼睛」

最傷感的是雨滴：

「山仍是山

　林仍是林

　鳥仍是鳥

　日月星辰依舊是日月星辰

　它們以隱士的清高

　遠離市囂

　唯獨我

　該把清澄的自己

　與混濁的河川結成一體

　讓自己墜落在被鞋底踐踏的馬路上

　化成泥漿」

悟

咆哮後又平息的風

浮遊後又棲止的雲

洶湧不再的海

凝聚後又消散的煙

全是機會教育

教你如何自熙攘中

步入清明恬靜的境界

詩人

路已盡

在斷垣碎石間

在黑色的河畔

所幸

詩人依然把雙耳伸向海洋

且試圖捕捉

沙鷗之語

面西

又一度
酩酊的太陽越落越低
紅淡去
亮也垂危

又一度
酩酊的太陽越沈越深
不被目睹
只在你我之意識中留下
隱形的存在

存在就是作證
為每個日落日升

對比

唯獨

人

如是言說

鞋底只在路上留下少許泥塵

而

銀溪日夜潺湲

眾花悄然自開自落

太陽為磐石鍍金

星星使夜色柔明

甚至小小雲雀

亦自視為首席高音

藝術家

神創造眾生萬物

但無暇記錄

於是

有了藝術家

祂的秘書

將上帝的心血結晶

加以記載及整理

點點滴滴

編成精美資料

一套又一套

讓地球上的匆匆過客

凝望　回眸　思索

讓平凡的眼睛及粗糙的心靈

獲得提醒

不把此生虛擲

或膚淺地度過

課題

慢慢地

學習

如何蟄居於清寂

如何與市囂隔離

如何告別咖啡屋

如何撤自人群的記憶

甚至

如何不再走向被選擇的你

也許

這就是

從存在裏

學習死亡課題

靈河

四字經：無所流失
黎明將之轉述
且譜成
鳥歌嚶嚶

冬春皆逃逸
卻讓園圃蘊藉花果

逝去的日子纍纍
是心智成熟的機會

風霜雨露以及陽光
一如靈河
全是種子全是承諾

遂有字群以紛簇來
隨著脈搏

植物篇

栽一株非洲鳳仙

是山花季節
也是風雨季節
長恨
一夜之間
滿地泣殘紅

不倣效黛玉葬花
不淚眼問不語花
但將一株非洲鳳仙
移植於瓷瓶
靜觀四個蓓蕾如何自開
一朵盛放的花如何自落
花開花落
是需要解碼的課題
教我們如何學習
由絢爛歸於空寂

山茶

有一種美麗的墜落
也許是因為花冠太重
也許是蓄意不待形容枯槁就辭謝枝頭
妳——紅白山茶
最聰慧的花

將依然姣好的妳
自案頭拾起
移置在
一杯水裡

枯萎並非一蹴即就的行為
是令人悲憫的漫長過程
將審視一朵山茶如何凋零
像幻畫自我如何撤自紅塵

幽蘭

來自山
來自谷
不以俗麗取勝
隱逸是屬於我的形容詞

神工的手
為我織就綠色斗篷
弧線綽約
蒼翠披紛

不點綴案頭瓷瓶
不飾美人襟
仰慕者的名字是屈原
我本身就是一句具象詩；
　暗香浮動

天使芋

一株天使芋

葉蔭亭亭

如華蓋

被施肥

被灌溉

遂繁衍

蘊藉

綻蕊

開紫色的花

像是無言

卻與我作成綠色的對話

花藝與草藝

劍山上的死花

馥郁短暫

殘紅褪盡時

見捐於路畔

且將

路畔任人踐踏的細草

連根拔起

且將

綠意盎然的帶根草

盛入杯中

插入瓶裡

盈盈一水間

遂有芊芊茸茸

在室內經營永遠的春天

草山花季

呼喚你草山

只因

不喜風景以姓氏為名

岡上的

枝枝幹幹

葉葉花花

恒存活

歷經無數的

風雨世紀

陽光世紀

說出花季

杜鵑及櫻樹就實現承諾

一夜春風來

千朵萬朵花開

每個蓓蕾瓣上

寫著種樹人的

辛勞

一步一步
季節走著時間之路
它培育的
久久蘊藉
生根
綻蕊
它在草山撰寫花之書
一行一行
供人觀賞

白楊與倒影

在長夏的烈日裡

溪岸上

一株高邁的

綠蔭煥然的白楊

及其投射於清淺之水底的

修長的陰影

宛若

一首光彩奪目的詩

及其用心形成的

潛藏於心靈深處的

未分明的意念

動物篇

昆蟲學

蜘蛛
用堅忍的黑腳
在噴了綠漆的山茶葉間
編織銀絲圓陣圖

蜻蜓
另一種納爾西斯
在池鏡中映照
如球的眼
如紗的翼

高樹巔
滿載著陽光
夏蟬在樹梢鳴唱
旋律起伏低昂

甲蟲

燦爛的黑與紅
在草葉編成的珠寶盒墊上
閃光

蝴蝶
飛翔的花朵
是一封
對摺的情書

那一切
全是啟示
全是喜悅
該精確地將之記載
用虔敬及美學

蝶語

深知自己短暫

牠如是云：

我能何為

一季之內

面對繽紛顏彩

花花蕊蕊

牠只需觸及一個花瓣

且傳播少許花粉

遂能肯定

已抵達一個新世界之邊緣

一季不漫長

分分秒秒地翩翻卻甚艱辛

每逢若干花冠低垂

牠遂觸目驚心

乃猝悟

一切存在全是未完成

然後

又再度展翅

飛向終程

動物園

首季
喜悅處處
處處光華

蝴蝶
紋身舞孃
于飛
頡頏

蜻蜓
翅翼如紗
點水
映照眼球

蜘蛛
八足勤奮
枝枝葉葉間

編織幾何圖案

甲蟲
黑與紅
綠茵上
閃亮

山鳥
大自然合唱團
齊鳴
歌頌首季再度君臨

麻雀的話

一隻麻雀飛來，
停在綠色窗台，
牠羽毛剝落，
但如此言說：
「繼續唱吧，
盡情地！
別把音符隱藏，
好像已經心力交疲。

「也許你非夜鶯，
亦非鐘樓上的烏鶇，
還是繼續唱吧！
唱出心谷中的傳奇。
也許有一天，
你會超越自己。
歌聲充滿如許訊息，
令人訝異。

傾聽者將豎起雙耳，因你而著迷。

請做一隻固執的麻雀，

不休止地囀啼。」

金魚（童詩）

金魚冥想

在美麗的水族池中

因幻畫遼闊空間而悵惘

且常做這致命的夢

夢見洶湧的深邃

充滿多彩貝殼

無瑕的白珍珠

紅珊瑚礁

夢見大海

龍王之水晶宮

由海軍上將鯨魚保衛

由陸軍元帥螃蟹守護

夢見海洋公主

明眸清澈如水

象牙手滑而細
姿態華貴傲岸

此動人的故事之結局
你是否猜測到
金魚曾做夢如許
其光華從而暗淡

天鵝之一

天鵝

有槳無帆的白舟

徐緩地遊移於湖面

在雙重的天光雲影之間

湖水平滑如鏡

映照雲影翩翩

珊瑚喙試圖啄食人間外的棉花糖

劃破湖水

悽惶的雲朵也碎成片片

不復見

弧形的白槳再度升起

湖面恢復平靜

漣漪不再

雲朵又一度縫合成形

像矯健的泳者

天鵝又一度俯衝

向誘惑的雲

但只自泥濘中啄住

一絲肉蟲

雲非地糧

只是白色幻影

唯獨高蛋白的泥蟲

能使天鵝

肥得像

鵝

供人

烹

割

天鵝之二

我非鵝

不是家禽

水是床

白雲的倒影是墊褥

我非鵝

仰慕者的名字是柴可夫斯基與聖桑斯

斜雁

小樓上
凝望

有斜雁
劃破長空之單調
製造沮喪

非字
非畫
只是
灰色的飛翔

懷念篇

阿眉廳

喧市中有個角落

曾被賦予靈魂

由你的書簡

我的詩文

又一度

來此小駐

像是偶然

亦似隱形手之安排

分享過的窗邊座

恰巧為我空著

等我到來

環顧廳內

裝潢如昔

一些顧客進進出出

如昔

唯窗外的園景

面目全新

再度來此
獨自
只因
為你執筆
將你分析

我恆靜止
你恆雲遊
但永留住
某個夕暮
右掌中
那把悠久

握別

不是灞橋
非關折柳
握一把輕愁與溫馨
那隻從門縫裏伸向我的手

你是永遠的雲
今夕不知又已飄向哪片天空
我但佇候
下一次無法預計的重逢

期待是魅力
乃至美的過程
確知無人可盼才是絕望
我恒有幸在希冀中等你而且低唱

不題

不曾說出的

不宜說出的

不敢說出的

寫了

譜了

變成了鉛字

站在書架上

睡在剪貼簿裏

只因

話語像歌鳥

嚶嚶之後

飛入青空

不留影蹤

瓷像

攀梯而上
將你安置於不可觸及的地方

只仰瞻
以溫柔之眸
只眷戀
以虔誠之心
只供奉
以花果及香火氤氳
但不觸及

不觸及
因恐偶一不慎
使你隕落於地上
碎成片片
即使
回到古代的御窯

回到景德鎮
亦屬徒然
因你是唯一的傑作
唯一的

遂攀梯而上
將你安置於不可觸及的地方

雕塑

你
非刻意地
將我塑成薔薇的樣子
用綢與絲

你
不經意地
把我鑄成鐵樹
用重金屬

我遂自封為雙面夏娃
亦剛亦柔
亦蠻亦秀
端視在崗位上
或「藏音屋裡」

超現實宅園

超現實宅園

嚴禁擅入

季節是夏

遼闊的燃燒的永遠的

高樹充當守衛

相思花提供金球與蜜糖

白雲是空中浪子

太陽永不棲息

處處是夏

鳥聲裏

蟬翼上

梔子花的馥郁中

池塘

水面

只該有惠風

漣漪是最大的魅力

不宜暴雨

氾濫的湖波會作成大蹂躪

草坪從而腐朽

露出黑色泥濘

茉莉海棠玫瑰也摧折

落英繽紛

超現實宅園

無戶籍的

只因

園主是崇高的心靈伴侶

無需電子鐘或石英錶

時間靜止

無需逐日的合邏輯的話題

一切止於至美的默契

超現實宅園

瑕疵絕跡

中央是一首永遠的頌歌

為抽象但恒在的你

黑色的聯想

像是偶然
像是有意的安排
我們把寂寞的園徑走得很美麗
它今天如此短
短得令我茫然

天空太藍，杜鵑太紅，午後太溫煦
空氣中散佈著火種
你在樓前躊躇了
我不曾邀你沿階同昇
踏碎長廊中的日影

想起黑玉盆
想起紫色的繫念
也想起那方斷垣
我是斷垣
你是牆邊新綠

於是小寐

夢見自己死去

一夜之間

已是塚草青青

且有玫瑰和紫羅蘭湮沒墓頂

水上的悲劇

偶然地

一朵純白的行雲

投影波心

遂有一幕悲劇展開

於清且漣兮的水面：

眷戀你

而不能羈留你

因你來自水而不願歸於水

想擁抱你

而你是太流動太飄忽太高揚了

你在高高的天上呈現你惑人的面容

我在卑微的地上捕捉你的影子

我不能怨懟你的浮遊

因你和流星是孿生兄弟

你也無須驚訝

我不再為你吟唱

憂傷已令我歌不成聲

有如一具絃索摧折了的豎琴

但你的影子我將留下

唯有他能證實我之存在

歌劇

若我非我
若你非你
你我
原不可能同臺
因為
你有你的
我有我的年代

然則
我乃一異數
於是
你唱出我的文字
我譜出你的名字

遂有最最華麗的一齣
且同臺頻頻謝幕

崖上

於是在古典的山亭中小坐

值此驟雨的黃昏

自高處

自扶桑花繁開的崖上

俯眺一潭煙雨

迷濛中

看湖心有島，那兒雨如幃幕

看山外有山

密密的霧是一方憂鬱之簾

自谷間徐徐昇起

我們佇候

佇候於黃昏雨之淒迷

久久無語

不驚起低叢的倦蝶

不擾亂高樹的鳴蟬

你只以微藍的筆觸描畫

描畫雨中的山色湖波
一幅淡淡的哀愁

整個驟雨的黃昏
我們靜聽
靜聽雨珠滴墜
敲響寂寞
敲響青青相思林
且讓自己帶點濃濃的憂愁
當霧中的湖天匯成一個單色畫面的時候

我甚緘默，如你
值此驟雨的黃昏
只靜靜的坐著
在古典的山亭中
在崖上
欲歌不能
欲語不能
但想及花木如何萎謝

宮殿如何殘破

以及一切美好如何凋零

而霧終於退去

當雨霽時

黃昏已經衰老

暮色移至

而星月不來

盲瞽的時辰

帶來一種空寂，一種茫然

哎！就這樣靜靜地坐著

在夕暮

在崖之上

聆聽時間駛過，以小貓的腳步

昨夜，此日，明朝

同屬一種空茫

於是諸多未成形的惶惑觸及我

以金屬之手指
迷惘驚愕中
我再問：
你是過客
抑是永恒的守望人？
你說：
湖中之水長流
沖不去崖上的腳印

傳奇

分秒在四周逃逸

似疾還徐

我在室內等你

有你可待乃生活中唯一的神蹟

只要你一顯現就足夠

儘管若即若離

蒼白的手原不該觸及實體

只在心谷中規畫一個角落為你

然後一再等待

為了持續地記憶

等待與記憶

構成不落言詮的傳奇

季節之歌

秋思

來自天末
那蕭瑟涼風
遂有死葉飄落
金與紅

來自心谷
那滾滾的心靈風
遂有記憶飄落
澎湃洶湧

葉之隕落
使土地肥沃
記憶之隕落
使心園肥沃

山中春雨後

霹靂之後

閃電之後

霪雨之後

繼之以虹

高懸在紗帽山腰的、非人間的橋拱

多少次

為了急於知悉

我心我心

曾慎思審問

長長彎彎深深的彩橋

通往

何方

答案啊

在聖經中：

隱形的聖手建築了璀璨橋拱

以連絡
人
和
神

冬之歌

草上

冬葉繽紛

死鳥之彩翼

葉之墜落

記憶之墜落

離別

冷濕的季節

有人

在其中

悲悼記憶頁頁

一如

長風搖落枯葉片片

在冬天

冬之夕暮

漸漸漸漸

白日無言地退隱

不再伴隨

龍柏

尤加利

以及草地

無用的太陽

又一度

走下山徑

天空

殘餘一縷微紅

怠倦的眾生進入室內

把黑暗

留在外面

休息而且點燈

孤立的夜
畏懼寒冷
遂燃點
星星萬千

豐收的季節

厭倦於妖冶的，驕矜的，恣意的春
厭倦於肥碩的，喧噪的，灼熾的夏
我心嚮往
多彩的，煥然的，成熟的秋
被選舉的時令

一季豐收
稻麥因黃金的重量而低垂
葡萄的深紫纍纍欲墜
蘋果的氣息混和著木瓜的芳香
松脂的馥郁交雜著椰子的馨芬

樹株燦然，如珍寶，如彩雲
林間有琥珀、瑪瑙、黃金的鏗鏘
有過於華美的葉子之墜落
讓落葉織就一張富麗的巨氈
我行其上

步向豐收的季節

大地酩酊
於稻麥之華筵
我心沈醉
於豐盈之季節

讓我的雙眸飽餐彩葉之秀色
讓我的頭腦洋溢糖之江河
讓我聞嗅果實的芳香
讓我酌飲果汁的甘醇
讓我的心靈孕育著秋的豐盛
閃灼著秋的光彩
成熟著蘋果的紅，葡萄的紫，麥穗的金
縱令它將瞬息枯萎
於豐收之後
一如過於燃燒之葉叢
一如過於成熟之秋實

立春心情

今日此時

黃昏的光亮久久不褪

白晝在變長

樹杪

鳥群訝異

因不見黑夜來到

金色的空氣上

野薑花散佈芬芳

廊前杜鵑

紅綠更猖狂

生活

面孔上染著夕陽

感覺

雙手握一把春光

存在

像樹在大自然中佈置花房

已習慣於
四季交替運行
但年年此日
總懷著
雀躍心情

冬

第四季
不清潔的
風兼雨
水加泥

襤褸的柏油路上
積水成溪
凹地裏
灰土成漿

最後一季
不衛生的
疾馳的長風
吹來傷風菌
冷濕的雨
乃疾病的溫床

所幸

四季必然交替

冬把一切導向

自然律設計的春陽

秋

昨日

疾風寒雨甚猖狂

一夜之間

廊前的楓葉已轉黃

不被陽光照亮

穹蒼的淚

洗淨落葉片片

像人們清洗遺骸

在入殮之前

最後的蟬

棲止於尤加利枝柯

為第二季

鳴奏輓歌

依然屬於我的此日

遲疑地逝去

一分一秒

帶著曖昧的微笑

秋

哭號著

你來了

以習習的風步

以瀝瀝的雨淚

日子突然跌入了第三季

此山岡遂冷晦濕漉了

然則

如今的秋

不再站在心上合成愁

由於一個閃光的名字

是黑森林中的秋

是陽明山的秋

每一片彩葉

乃另一種花

壓在玻璃板下

依舊豪華

什錦篇

今日

試讓我遺忘昨日

全然地遺忘昨日

昨日昨日及昨日

是一列豪華的囚室

重門深鎖，我窒息其中

大理石的柱，森然冷然

投下修長的陰影於九曲迴廊

桎梏的靈魂驚悸

也讓我忘卻明夾

純然地忘卻明天

明天明天及明天

是一列未知之門

誰悉我是否沿階上昇

越過未知之門

登堂入室

啊！別浮雕恐怖的側面恫嚇我

別譜出淒楚的輓歌預悼我

別宣佈不祥的預言虛驚我

只讓我把握今朝

豐盈的今朝

真實的今朝

當今朝的太陽以十彩的絢爛迎我

別在我眸中撒下明日的曇令炫然的白晝轉為幽夜

登指南宮

滿山微雨　如憂愁之被風搖落

煙雨迷濛著長長的山路

暗淡了椰子樹　增長了相思林絮語軟軟

淒美啊！淒美如斯！

我們拾級而上　踏響碎石琤琮

登指南宮

不為燃點香火　不為仰望神

寂靜的野徑遂被我們走得很喧嘩

就這樣拾級而上　載笑載言

而笑語不留

今日的履痕也將被明日的塵埃淹滅

然後來到古樸的石亭中小坐

坐於微雨之淒迷

自高處　自綠意油油之崗上

面對群山聲翠　低首凝神

山聳翠　以千扇蒼綠的屏風環我
坐於群山之間
非深居之高士
非遁世之哲人
我乃波蘭妮之女兒
來自希臘之愛琴海岸

啊！異鄉人　異鄉人
以非佛子之姿
小坐於東方之聖地
坐於岩石之旁　非岩石
岩石忘情
坐於芙蓉之側　如芙蓉
芙蓉不駐

遂靜坐在此
在此蕭穆之寺院
願罣念俱灰
六根共滅

齊色空

同萬一

願集中一切之意欲在此火化在此圓寂

究竟涅槃

而你音容恒在

雙眸恒在　泛漾著溫婉

泛漾著柔

在無風的季節裡

是你拂亂心湖

你是最後一曲探戈的伴舞者

貽我不朽的憂愁

哎！又是一齣不能完成什麼的悲劇

令我想及光華如何暗淡

玫瑰如何死去

以及一切完美如何凋殘

且看那寺院巍巍

看那眾多的莊嚴寶相

何不仰望觀自在之如來？

何不仰望神？

啊神！

請引我回歸，自戀之窄門，渡一切苦厄

我欲尋索迷失了的智慧

此其時

雨雲

雨雲灰濛

乃傷心色

自高空墜落

化為泥塵

在泥塵裏

失落了自己

所幸

覓得希冀

只因

當太陽再度升起

它仍還原

化為朵朵亮麗

愛戀

有如流沙　有如流沙

有如泥沼　有如泥沼

有如盤結的蛇　有如盤結的蛇

陷入流沙　陷入流沙　陷入流沙

陷入泥沼　陷入泥沼　陷入泥沼

被纏結　被纏結　被纏結

掙扎也罷　不掙扎也罷

勢必或早或遲地感到被窒息者的痛苦或悅樂

綠衣人

奉你以虔誠的膜拜

崇高，偉大，忠實的使者

我要以詩歌讚美你

我要以詩歌詛咒你

我要以詩歌祝福你

而你漠然

自晨光中來

踏著通衢的平坦而來

踏著陌巷的坎坷而來

載著不容衡量的心靈負荷而來

你不自知的阿提拉斯

敲響門鈴的音符吧！

有富豪者守候你

有貧乏者守候你

有幸運者守候你

有苦難者守候你

有熱戀者守候你

有失戀者守候你

你偶或是光明的使者

帶來佳訊與歡欣

你偶或是幽暗的使者

帶來惡耗與悲愴

你偶或是空虛的使者

有人的名字被遺忘

而你啊，恆常是希望的使者

你在我們眼前裝上不可數計的明天

你在我們心底撒下不可數計的夢

深山書簡

紛煩不再

貧瘠不再

不再是灰色的季節

我的寓居高邁

面向幽藍

面向常綠

晨起

陌生的扶桑花向我說出他的名

丹桂的芳香喚起我童年的憶

漫步

步向左手一帶長廊

步過窗外兩潭澄碧

也有磐石蹲踞

也有菊花倒影

也有栩栩的金魚戲水

也有石質的蟾蜍入定

自有翠柏守護的逆旅中走出

踏著碎石琤琮

有山澗潺潺而來

有松風籟籟而來

轉向右手第一條曲徑

踏著金綠莓苔

沿階而下

步入園子

園子纖麗

無參天之老樹

有長青之灌木

園丁三五

笑語和木鋏之軋軋聲相間

劃破晨光熹微中之沈寂

我遂在此

揀取一方磐石

危坐以讀

而寧靜

如一頭溫柔的小貓

躡足來訪

且蹲踞於我心靈

故事新編

神射手后羿

殺盡走獸飛禽

只剩下烏鴉酢醬麵

饗宴嬌妻

厭倦於劣等地糧的嫦娥

思索逃離貧乏人間

遂盜竊夫婿之靈藥

羽化登仙

廣寒宮裡

唯吳剛砍桂

瓊樓中

僅玉兔金蟾嬉戲

瑤台路上

除了星星

還是星星

女神寂寥
怨且悔
悔當年偷靈藥
只落得
碧海青天夜夜星

有香精名「戀情」

麗人

今夜屬華倫提諾

請走向室外

我等待

妳之來

毋需眾裡尋他千百度

燈火闌珊處

有迷濛香霧

請移步

向那芬芳路

氤氳馥郁中

帶著一瓶「戀情」

我等待

妳儀態萬千的來

請接納

這瓶「戀情」

其包裝之綽約

其淡淡清芬

遠勝於

珠光寶氣

之俗麗

它是花中之花

香中之精

只匹配

妳無可比擬的優雅

詼諧曲

詩神坐在寶座上

低眉垂袖

瓔珞矜嚴

向詩國莘莘學子

祂如是言：

詩藝如廚藝

講求精細

理念是材料

應多變化

以文火煮

不用 Lacostina

意象是鹽

用以提味

形容詞宜獨特

用以著色

動詞是詩句之靈魂

如醬汁飄香

將上述推敲斟酌

然後起鍋

日曜日

一幀出自名家的攝影之飄逸

一株迷你元寶樹之恆青

以及滿載溫馨的竹碗

怡悅我情

念及

春風酒店的佳餚

澎湖紅糖糕之甘美

鶯歌夜市的擔仔麵

齒間猶有餘芬

靈糧

地糧

以及池光樹色蘊藏的友誼深濃

把二○○一歲暮之一個日曜日裝點得洵美且異

漫畫

彩虹

高懸在洗過的天空

像七色橋

亮麗玲瓏

摩天樓上的兒童

仰視彩虹

笑問老爸

這是什麼產品的廣告畫

野石

並非
「雲橫秦嶺」
亦非
「嶺上多白雲」
是
一橫條野石
起伏如峰
一帶綿亙的白色花紋
儼然白雲

有藏石一簇
來自山
來自野
如崗嶺
似白雲
既可自怡悅
亦堪持贈君

棄石

小小
一枚棄石
橫臥於磨石子廊上
不協和的

非菱非方非圓
不屬於幾何圖樣
乃畸形
無以名狀

故鄉應為清溪
荇藻是鄰
何事貶謫於廊上
供行人踐踏

遂俯身拾起
綽約棄石

黑灰褐交雜的底

一帶如雲的淺白圖案

棄石

移置室內

端坐於眾草之間

與花卉為伍

陶然忘機

不再畏懼鞋底

貴族子弟與單身「普羅」

據說

粉筆灰令貴體違和

於是

他們儘量擁擠

向後

向後

用尤內斯戈的椅子

築起自衛的壕溝

流走了

三十多個年頭

吸入的

含毒「白藥」知多少

為了使壕溝縮短

使音波流到每朵耳畔

她

單身普羅

在黑板與貴族之間

不休止地穿梭

國家圖書館出版品預行編目

最後愛神木 / 胡品清著. 一版.
臺北市：秀威資訊科技，2003 民 92
面；　　公分. --　參考書目：面
ISBN 978-957-28175-0-6(平裝)

851 .486   91019124

語言文學類　　PG0001

最後的愛神木

作　　者 / 胡品清
發 行 人 / 宋政坤
執行編輯 / 李坤城
圖文排版 / 劉醇忠
封面設計 / 劉美廷
數位轉譯 / 徐真玉　沈裕閔
圖書銷售 / 林怡君
網路服務 / 徐國晉
出版印製 / 秀威資訊科技股份有限公司
　　　　　台北市內湖區瑞光路 583 巷 25 號 1 樓
　　　　　電話：02-2657-9211　　　傳真：02-2657-9106
　　　　　E-mail：service@showwe.com.tw
經 銷 商 / 紅螞蟻圖書有限公司
　　　　　台北市內湖區舊宗路二段 121 巷 28、32 號 4 樓
　　　　　電話：02-2795-3656　　　傳真：02-2795-4100
　　　　　http://www.e-redant.com

2006 年 7 月 BOD 再刷
定價：270 元

讀 者 回 函 卡

感謝您購買本書，為提升服務品質，煩請填寫以下問卷，收到您的寶貴意見後，我們會仔細收藏記錄並回贈紀念品，謝謝！

1. 您購買的書名：_____

2. 您從何得知本書的消息？

　　□網路書店　□部落格　□資料庫搜尋　□書訊　□電子報　□書店

　　□平面媒體　□ 朋友推薦　□網站推薦 □其他_____

3. 您對本書的評價：(請填代號　1.非常滿意 2.滿意 3.尚可 4.再改進)

　　封面設計____　版面編排____　內容____　文/譯筆____　價格____

4. 讀完書後您覺得：

　　□很有收獲　□有收獲　□收獲不多　□沒收獲

5. 您會推薦本書給朋友嗎？

　　□會　□不會，為什麼？_____

6. 其他寶貴的意見：_____

_____

_____

_____

讀者基本資料

姓名：_____　年齡：_____　性別：□女 □男

聯絡電話：_____　E-mail：_____

地址：_____

學歷：□高中(含)以下　　□高中　　□專科學校　　□大學

　　　□研究所(含)以上 □其他_____

職業：□製造業 □金融業 □資訊業 □軍警 □傳播業 □自由業

　　　□服務業 □公務員 □教職　□學生 □其他_____

To：114

台北市內湖區瑞光路 583 巷 25 號 1 樓

秀威資訊科技股份有限公司　　　收

寄件人姓名：

寄件人地址：□□□

(請沿線對摺寄回,謝謝!)

秀威與 BOD

BOD（Books On Demand）是數位出版的大趨勢，秀威資訊率先運用 POD 數位印刷設備來生產書籍，並提供作者全程數位出版服務，致使書籍產銷零庫存，知識傳承不絕版，目前已開闢以下書系：

一、BOD 學術著作—專業論述的閱讀延伸
二、BOD 個人著作—分享生命的心路歷程
三、BOD 旅遊著作—個人深度旅遊文學創作
四、BOD 大陸學者—大陸專業學者學術出版
五、POD 獨家經銷—數位產製的代發行書籍

BOD 秀威網路書店：www.showwe.com.tw
政府出版品網路書店：www.govbooks.com.tw

永不絕版的故事・自己寫・永不休止的音符・自己唱